Ce manga est publié dans son sens
de lecture originale, de droite à gauche.

Ici, vous êtes donc à la fin.

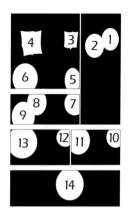

Saint Seiya Ultimate Edition

SAINT SEIYA –ULTIMATE EDITION- © 1985 by Masami Kurumada
All rights reserved.
First published in Japan in 1985 by SHUEISHA Inc., Tokyo.
French translation rights in France, French-speaking Belgium Luxembourg, Switzerland and Canada
arranged by SHUEISHA Inc through VIZ Media Europe, SARL, France.

© KANA (DARGAUD-LOMBARD s.a.) 2012
7, avenue P-H Spaak - 1060 Bruxelles

Tous droits de traduction, de reproduction et d'adaptation
strictement réservés pour la France, la Belgique,
la Suisse, le Luxembourg et le Québec.

Dépôt légal d/2012/0086/527
ISBN 978-2-5050-1556-7

Maquette : Milk Graphic Design
Traduit et adapté en français par Thibaud Desbief
Adaptation graphique : Eric Montésinos

Imprimé en Italie par L.E.G.O. spa - Lavis (Trento)

DOHKO DE LA BALANCE

① Écarter les parties du corps.

② Ranger la chaîne de la balance, faire pivoter l'extrémité de 90°.

③ Plier la barre et la fixer dans le dos.

LANCE

BÂTON

TONFA

NUNCHAKU

ÉPÉE

BOUCLIER

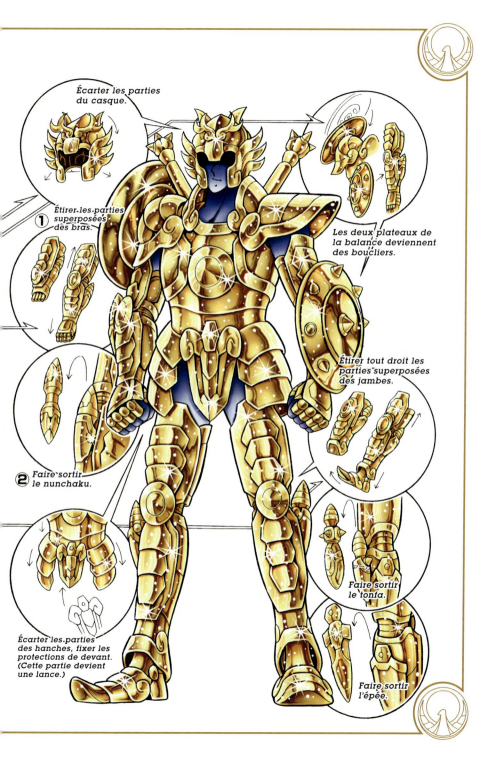

SHAKA DE LA VIERGE

Relever les ailes des deux côtés, diviser les cornes en quatre et ranger le faux visage.

Vue de dos

CASQUE

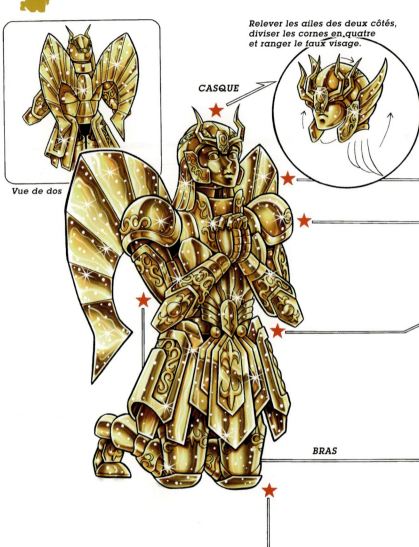

BRAS

JAMBE

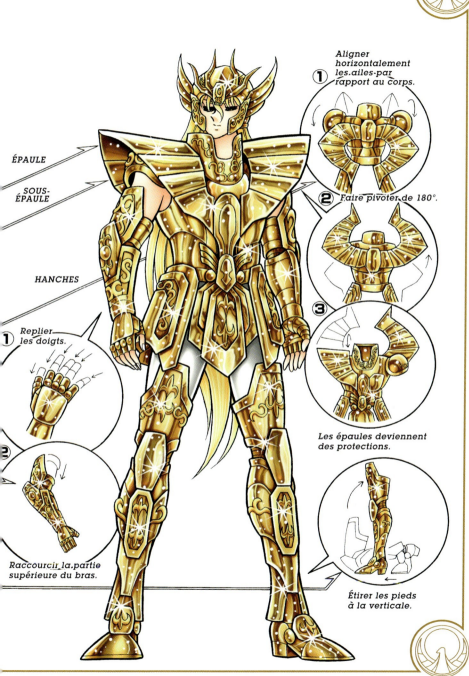

DAIDALOS DE CÉPHÉE

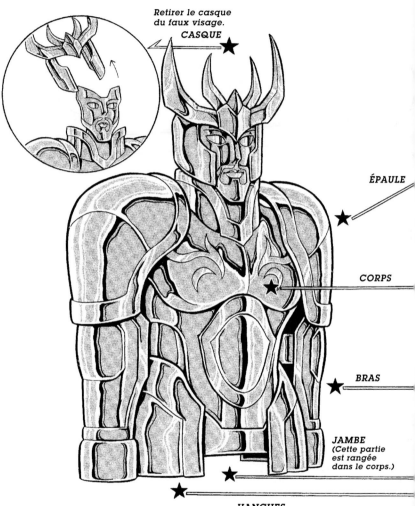

Retirer le casque du faux visage.
CASQUE

ÉPAULE

CORPS

BRAS

JAMBE
(Cette partie est rangée dans le corps.)

HANCHES

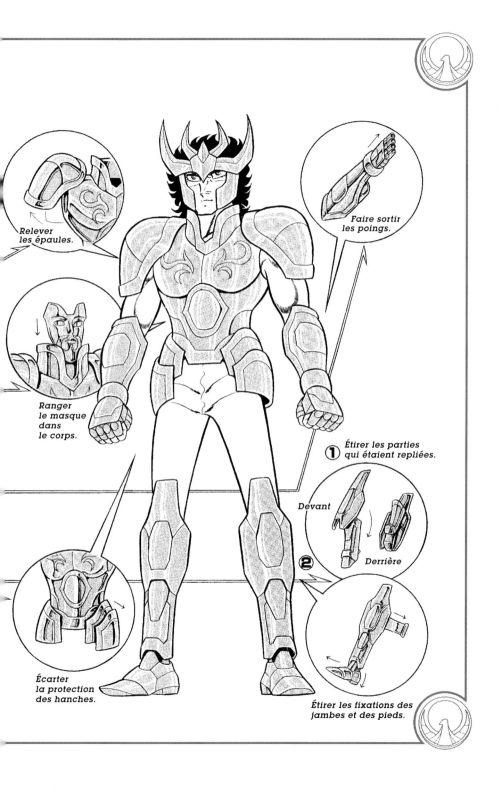

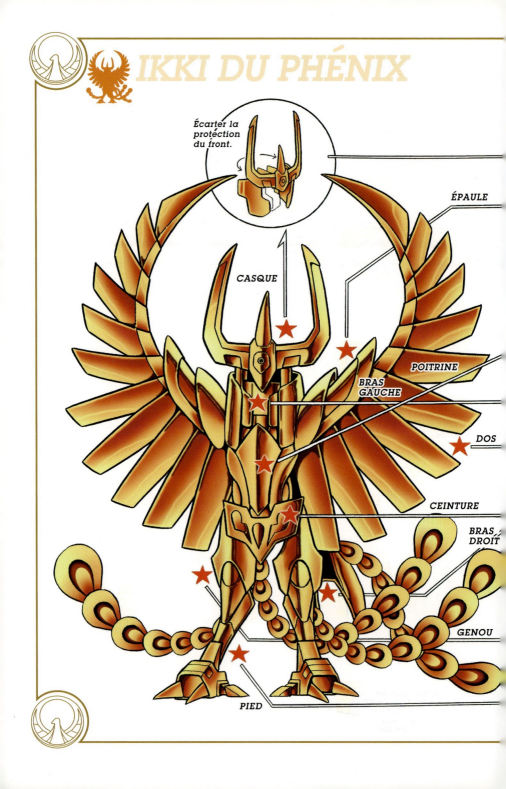

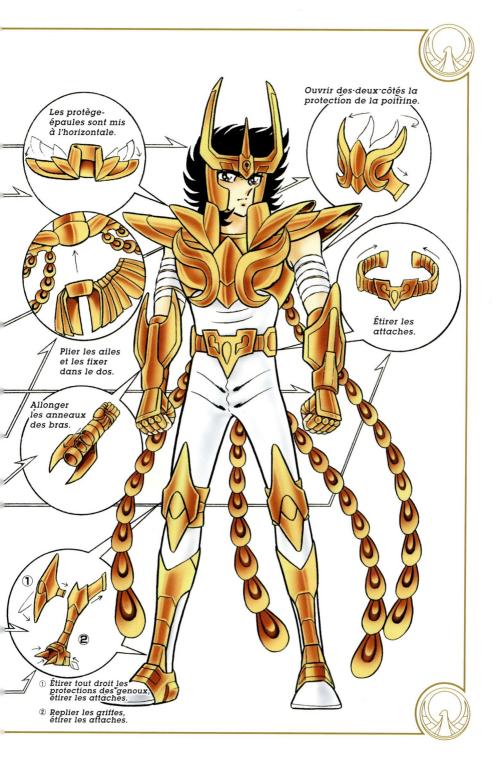

HYÔGA DU CYGNE

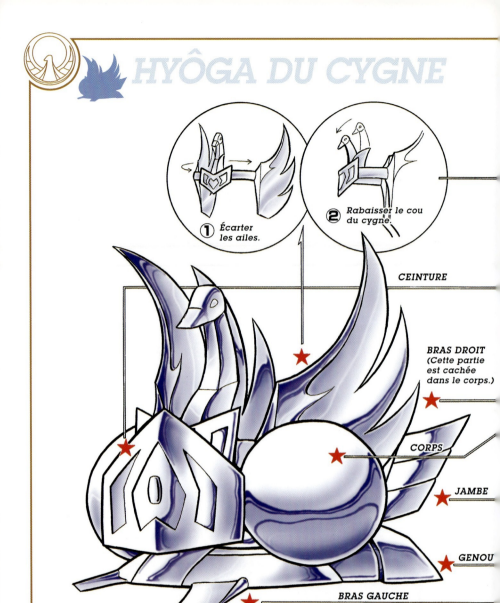

① Écarter les ailes.

② Rabaisser le cou du cygne.

CEINTURE

BRAS DROIT
(Cette partie est cachée dans le corps.)

CORPS

JAMBE

GENOU

BRAS GAUCHE

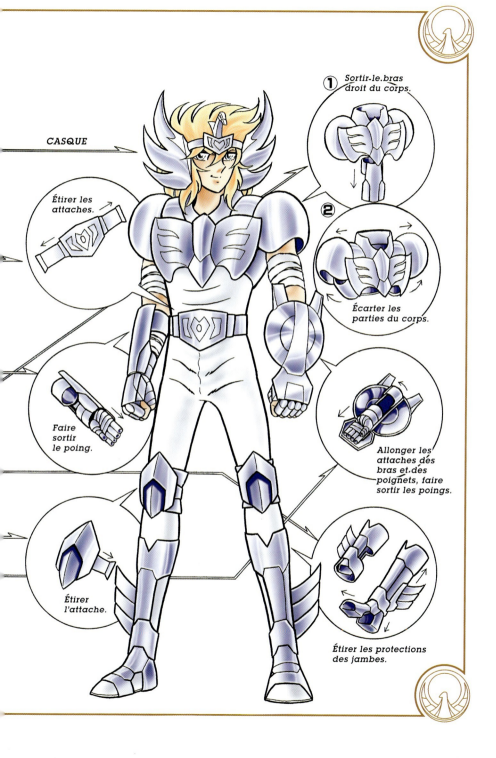

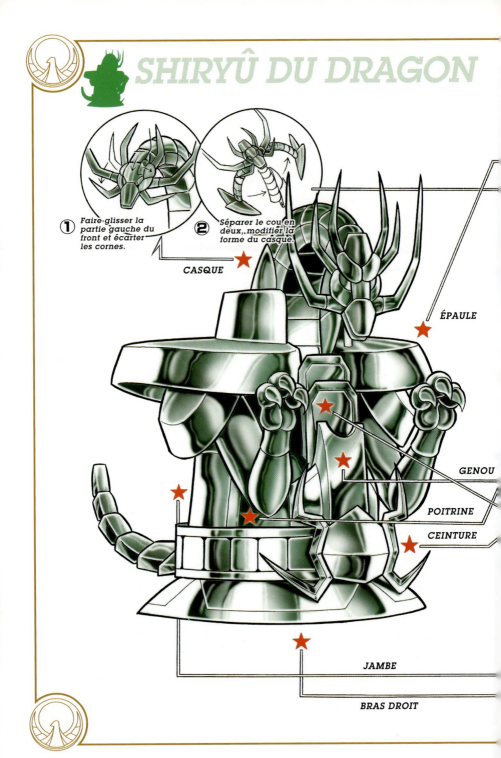

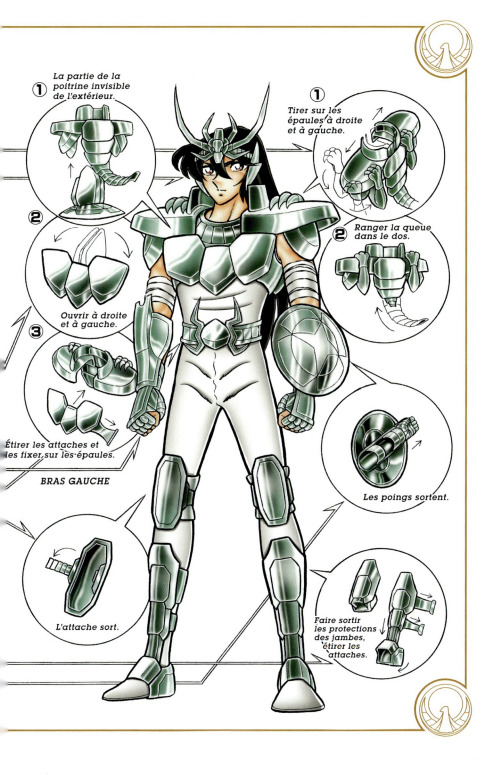

SHUN D'ANDROMÈDE

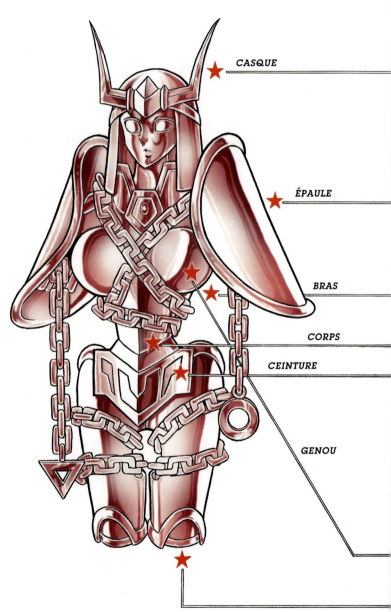

★ CASQUE

★ ÉPAULE

★ BRAS

★ CORPS

★ CEINTURE

★ GENOU

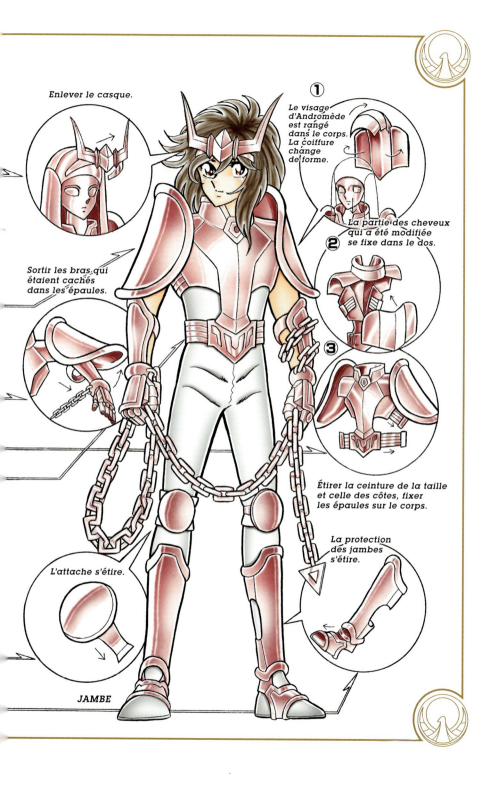

SEIYA DE PÉGASE

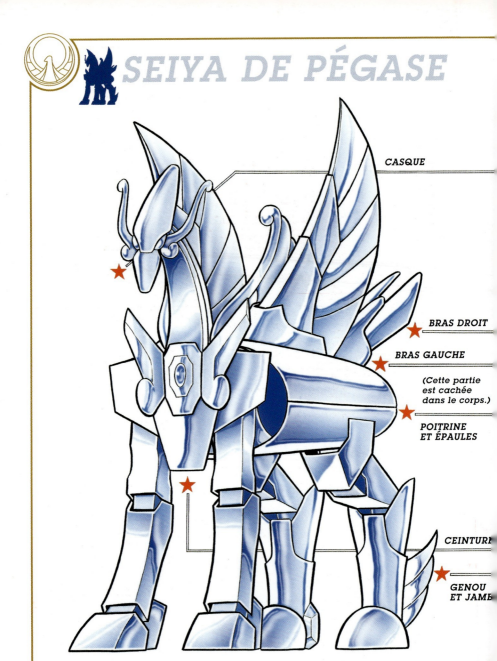

CASQUE

BRAS DROIT

BRAS GAUCHE

(Cette partie est cachée dans le corps.)

POITRINE ET ÉPAULES

CEINTURE

GENOU ET JAMBE

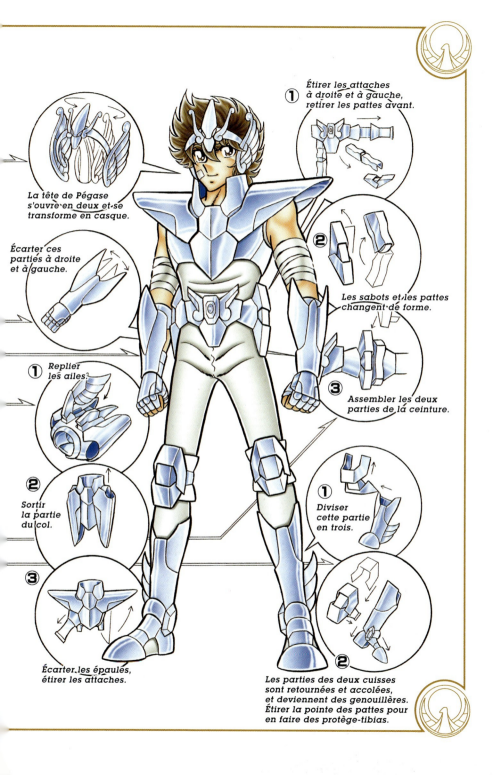

SAINT SEIYA
SCHÉMAS DES ARMURES

ARMURE D'ANDROMÈDE

ARMURE DE PÉGASE

ARMURE DU CYGNE

ARMURE DU DRAGON

ARMURE DE CÉPHÉE

ARMURE DU PHÉNIX

ARMURE DE LA BALANCE

ARMURE DE LA VIERGE

THE CYGNUS STORY

ДО СВИДАНИЯ*……

* ADIEU.

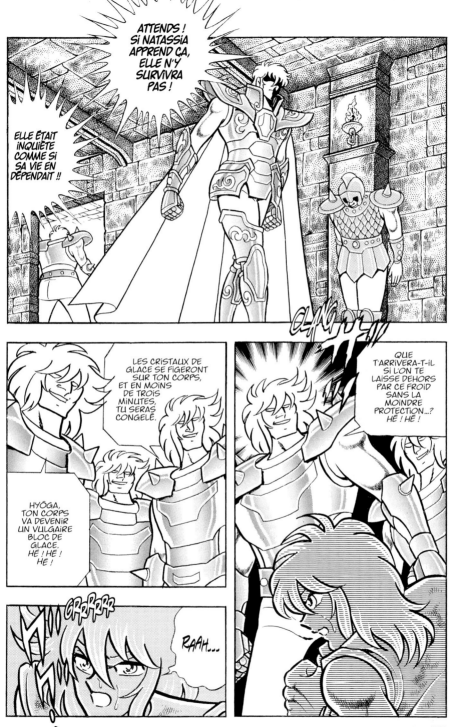

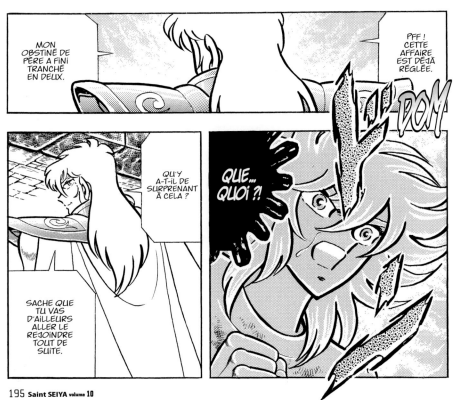

HYÔGA ! TU ES RÉVEILLÉ ?

PLUTÔT MOURIR QUE DE M'ALLIER À UN GROUPE D'ENVAHISSEURS !

JE TE LE RÉPÈTE : JE SUIS UN CHEVALIER D'ATHÉNA...

SACHE QUE JE NE T'AI PAS TUÉ CAR JE VOULAIS TE LAISSER UNE DERNIÈRE CHANCE.

ACCEPTES-TU FINALEMENT DE TE JOINDRE À NOUS ?

J'AURAIS AIMÉ AVOIR UN GUERRIER COMME TOI PARMI MES HOMMES, MAIS TANT PIS...

BON...

MON ATTAQUE RESTE SANS EFFET !!

QUOI !?

PFF...

TU NE SEMBLES PAS AVOIR CHANGÉ D'AVIS...

JE TE REPOSE LA QUESTION : VEUX-TU TE JOINDRE À NOUS ? OU PRÉFÈRES-TU MOURIR ?

LES BLUE WARRIORS SURVIVENT DEPUIS TOUJOURS SUR DES TERRES GELÉES. TU PENSAIS VRAIMENT M'ATTEINDRE AVEC UN AIR FROID DE CE NIVEAU ?

ME... MERCI...

JE TE CROIS. JE SAIS QUE TU ÉTAIS UN ÊTRE PROFONDÉMENT JUSTE...

SAGA...

SAGA !!

SAGA AVAIT CE QU'ON APPELLE COMMUNÉMENT UNE "DOUBLE PERSONNALITÉ".

CHEZ SAGA, CETTE OPPOSITION ENTRE LE BIEN ET LE MAL ÉTAIT CERTAINEMENT TROP FORTE. C'EST POUR CETTE RAISON QU'IL POUVAIT DEVENIR SOIT EXTRÊMEMENT MAUVAIS, SOIT PARFAITEMENT BON SELON LA PART QUI PRENAIT LE DESSUS EN LUI...

TOUS LES HOMMES SONT HABITÉS EN MÊME TEMPS PAR LE BIEN ET LE MAL. LORSQUE LA RAISON PREND LE DESSUS, NOUS SOMMES BONS. LORSQUE C'EST L'AMBITION QUI NOUS GAGNE, NOUS POUVONS DEVENIR MAUVAIS...

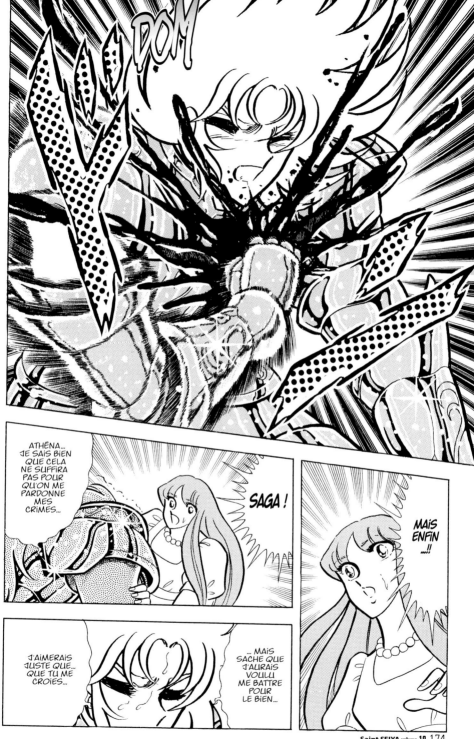

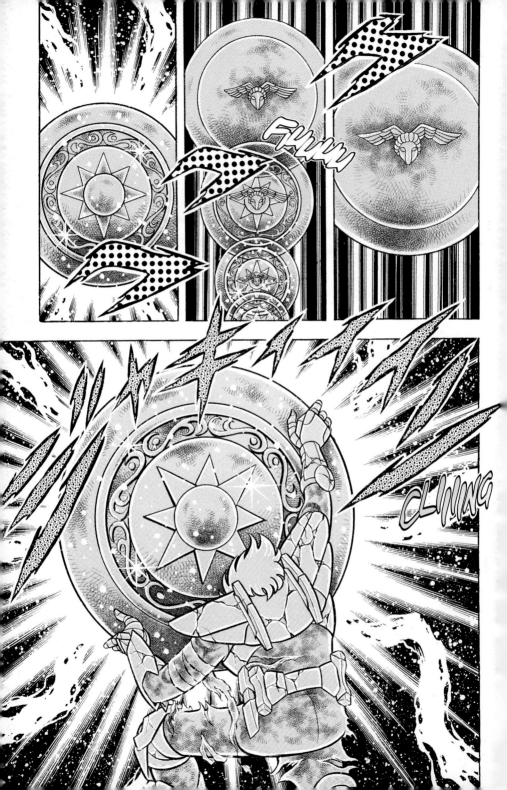

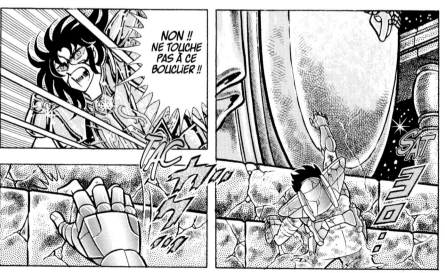

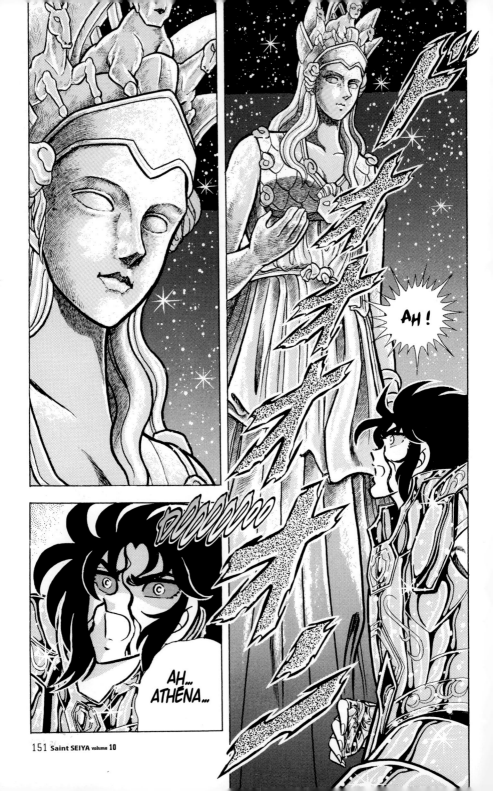

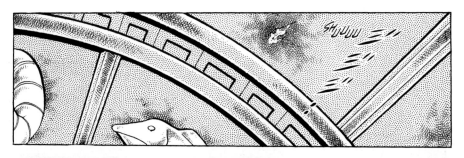

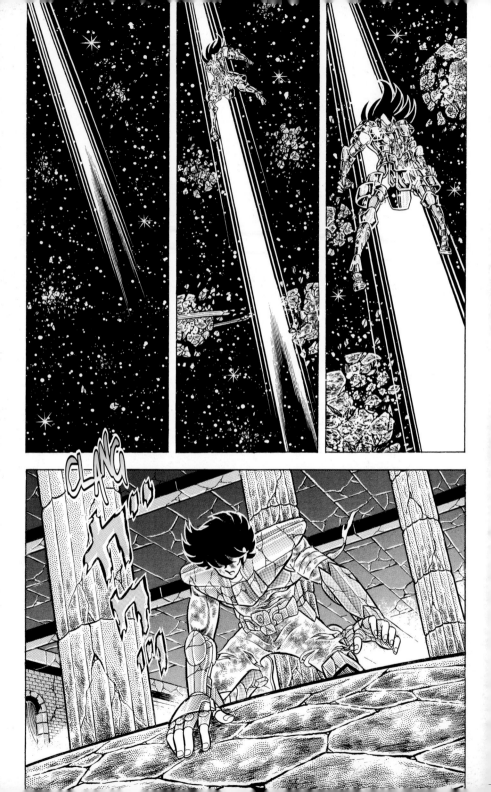

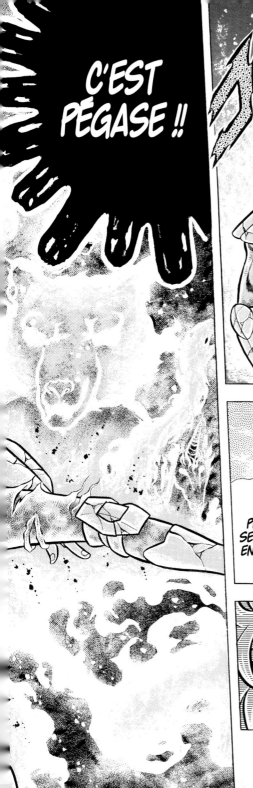

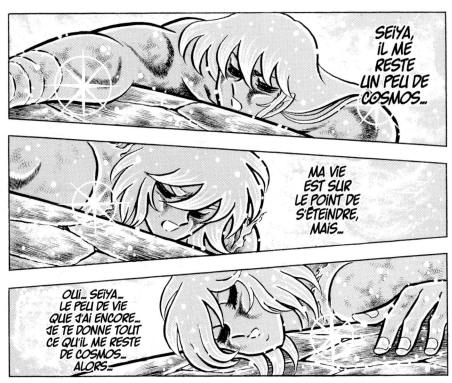

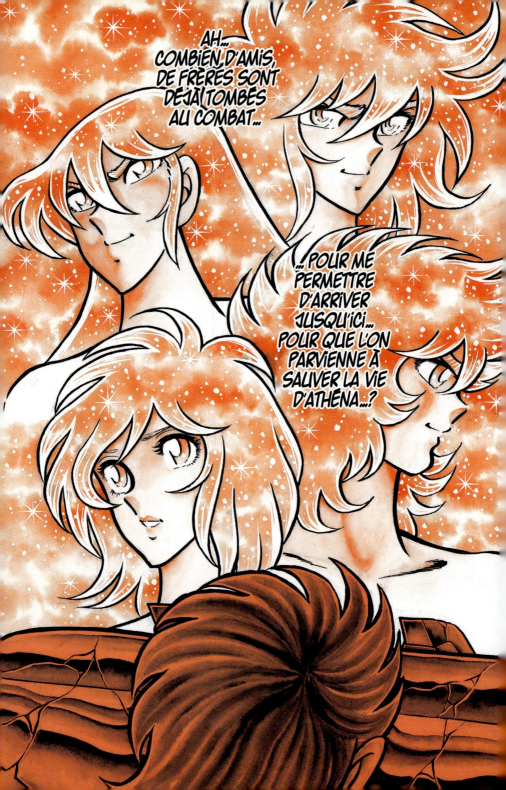

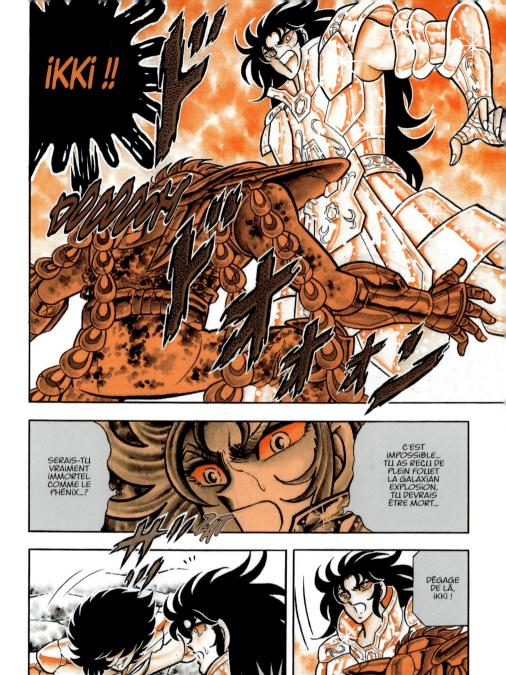

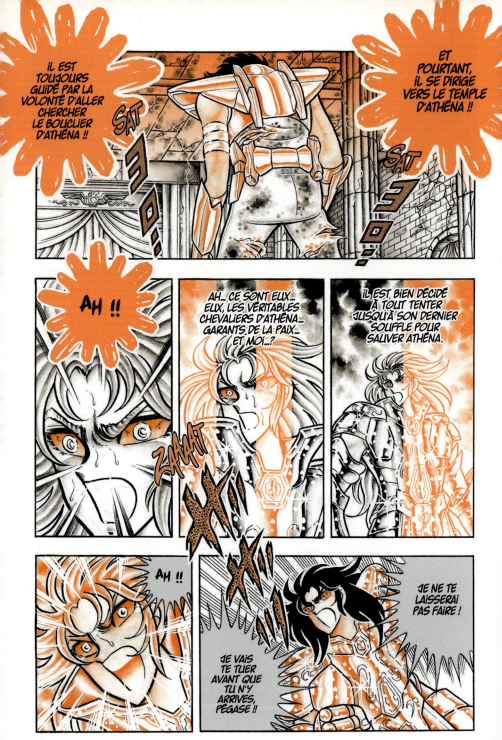

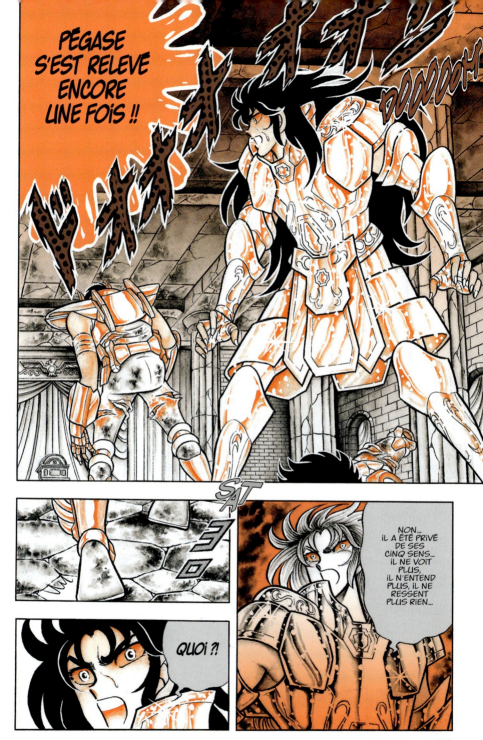

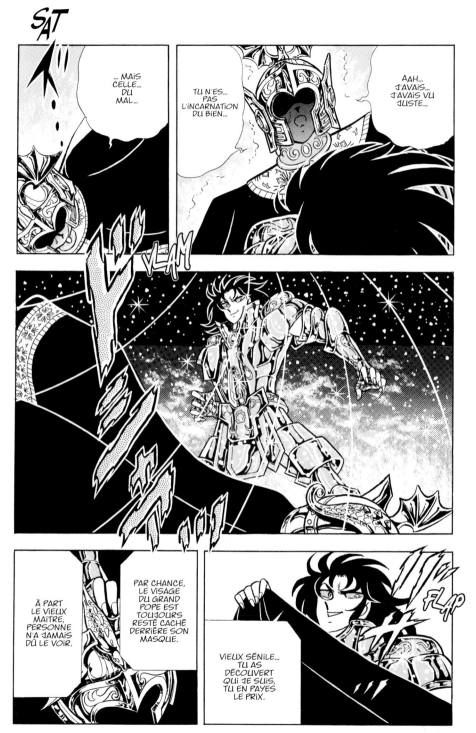

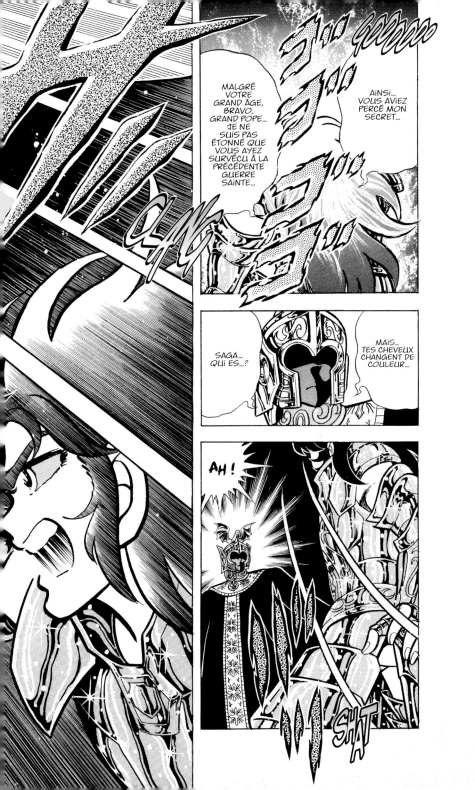

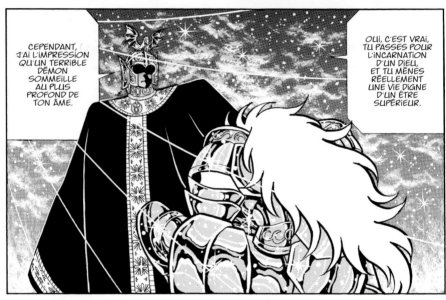

DE PLUS, NOMBREUX SONT CEUX QUI VOIENT EN MOI L'INCARNATION D'UN DIEU. IL N'Y A DONC RIEN DE PLUS SIMPLE...

TU SAIS QUE SEUL LE GRAND POPE EST AUTORISÉ À VENIR ICI.

ALORS POURQUOI AS-TU ENFREINT CETTE RÈGLE ?

SAGA...

POURQUOI NE M'AVEZ-VOUS PAS DÉSIGNÉ COMME VOTRE SUCCESSEUR LÉGITIME...?

HAA !
HAA !
HAA !

JE VIENS DE VOUS LE DIRE... TOUT LE MONDE ME CONSIDÈRE COMME UN DIEU...

AU CONTRAIRE, JE CROIS MÊME LUI ÊTRE SUPÉRIEUR SUR TOUS LES PLANS. ALORS POURQUOI...

HAA !
HAA !
HAA !

JE NE PENSE PAS LUI ÊTRE INFÉRIEUR EN MATIÈRE DE JUSTICE, DE CONNAISSANCE ET DE COURAGE.

...GRAND POPE ?!

TU LE SAIS BIEN : AIOLOS DU SAGITTAIRE EST UN SYMBOLE DE JUSTICE, DE CONNAISSANCE ET DE COURAGE. IL A TOUTES LES QUALITÉS REQUISES POUR DEVENIR GRAND POPE.

AH !

L'ASCENSION DE STAR HILL EST RÉPUTÉE TRÈS DIFFICILE, MÊME POUR LES CHEVALIERS D'OR... COMMENT T'Y ES-TU PRIS ?

SAGA...

D'AILLEURS, VOUS-MÊME, MALGRÉ VOTRE ÂGE, VOUS Y PARVENEZ, ALORS...

PFF ! CELA NE M'A POSÉ AUCUN PROBLÈME.

NORMALEMENT, SA POSITION EST DÉCALÉE D'UN DEGRÉ PAR RAPPORT AU PÔLE NORD, MAIS CET ANGLE SE RAPPROCHE PETIT À PETIT DE ZÉRO.

HUM... L'ÉTOILE POLAIRE, CENSÉE ÊTRE INAMOVIBLE, BOUGE.

LORSQUE L'ANGLE ATTEINDRA ZÉRO, LE SCEAU D'ATHÉNA TOMBERA ET LES FORCES DU MAL FERONT DE NOUVEAU LEUR APPARITION. UNE NOUVELLE GUERRE SAINTE COMMENCERA ALORS.

PEU AVANT LA PRÉCÉDENTE GUERRE SAINTE, IL Y A 230 ANS, LE GRAND POPE AVAIT PARLÉ DE CE MOUVEMENT DE L'ÉTOILE POLAIRE...

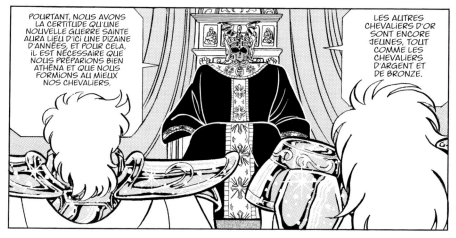

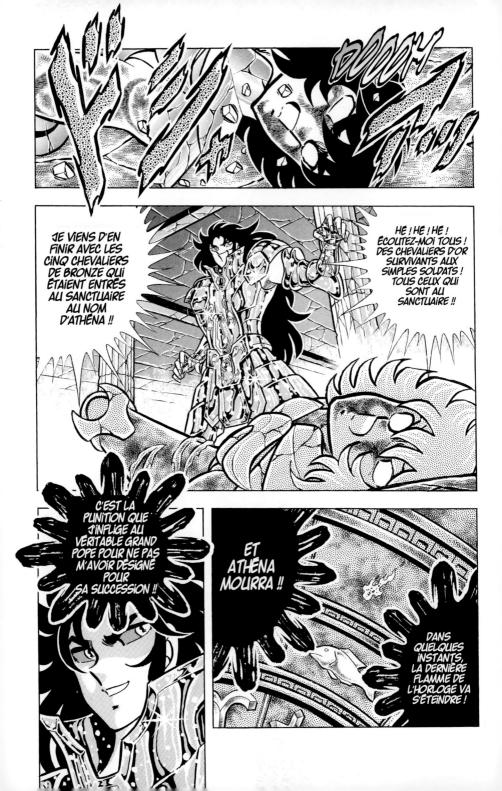

PAR CONSÉQUENT, LE GRAND POPE SE DOIT D'EXCELLER MENTALEMENT, TECHNIQUEMENT ET PHYSIQUEMENT.

LE GRAND POPE EN FONCTION RECONNAÎT DANS SON SUCCESSEUR L'HOMME QUI CONVIENT LE MIEUX À CES RESPONSABILITÉS, LE MEILLEUR DE TOUS LES CHEVALIERS.

IL N'Y A DONC RIEN D'ÉTONNANT À CE QU'IL SOIT DÉSIGNÉ PAR SON PRÉDÉCESSEUR ET CHOISI PARMI LES DOUZE CHEVALIERS D'OR.

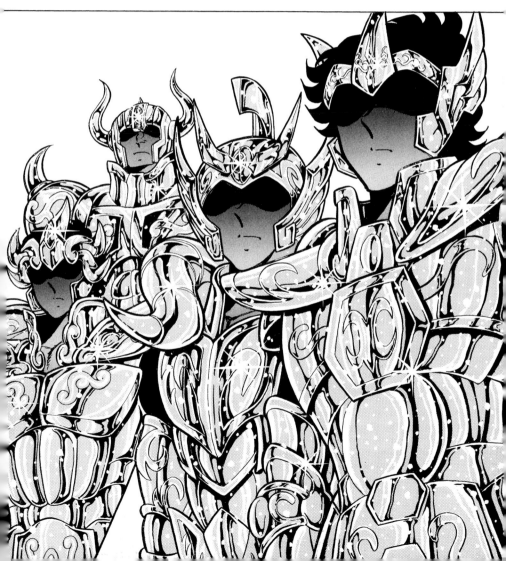

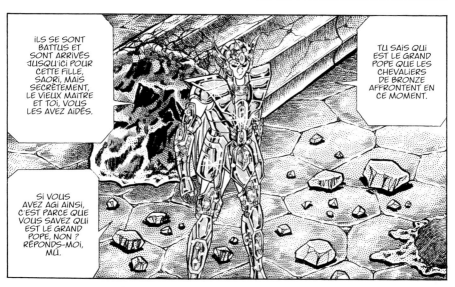

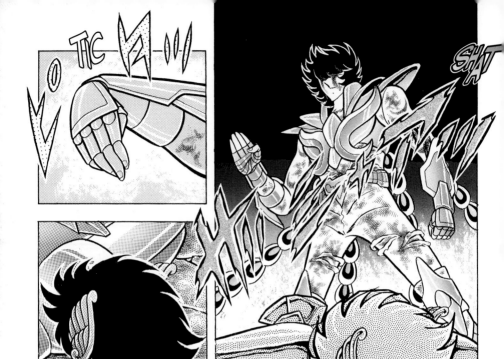

DÉCAPITE PÉGASE !!

AAH...

ALORS, IKKI ?!

VAS-Y !!

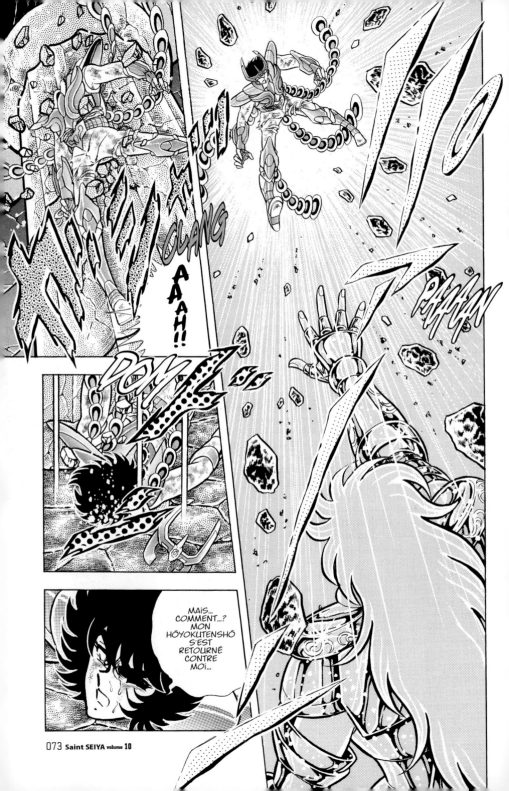

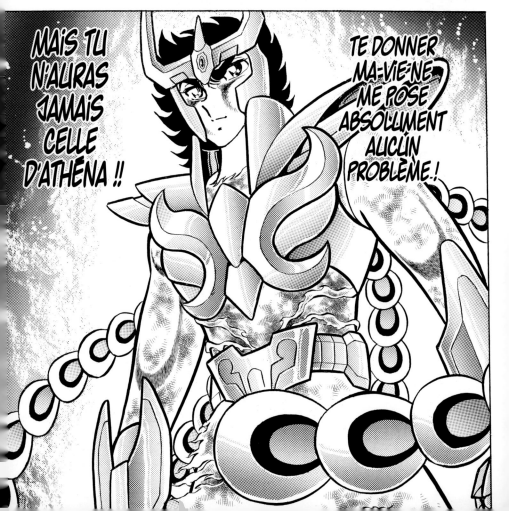

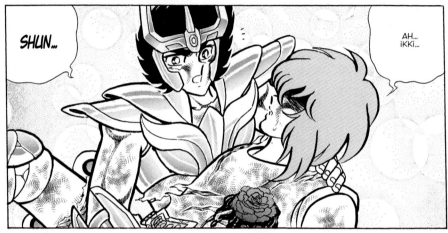

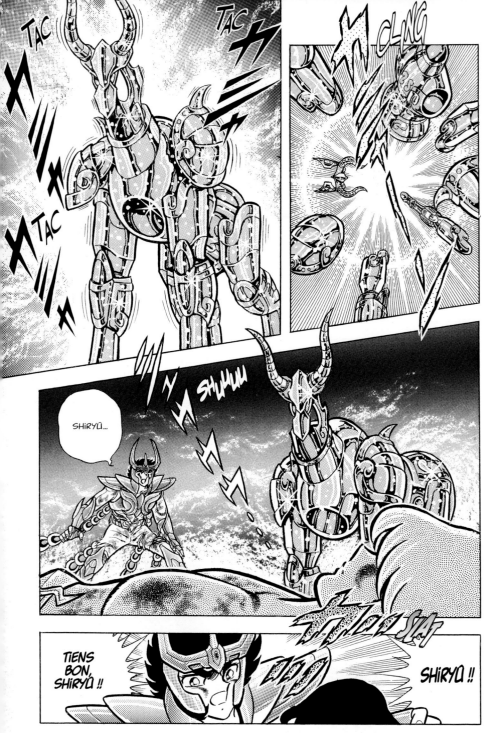

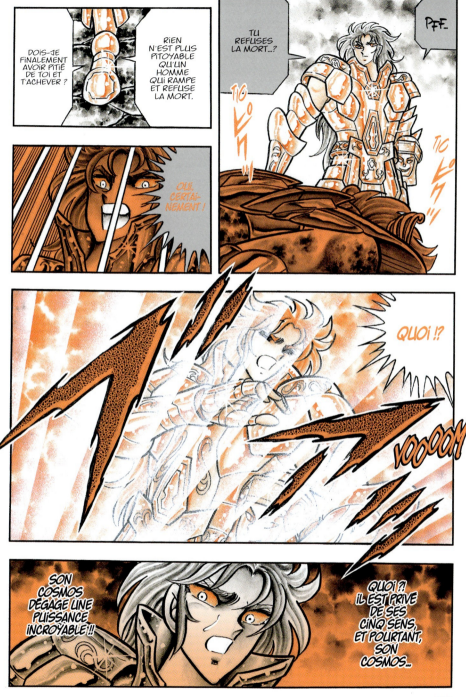

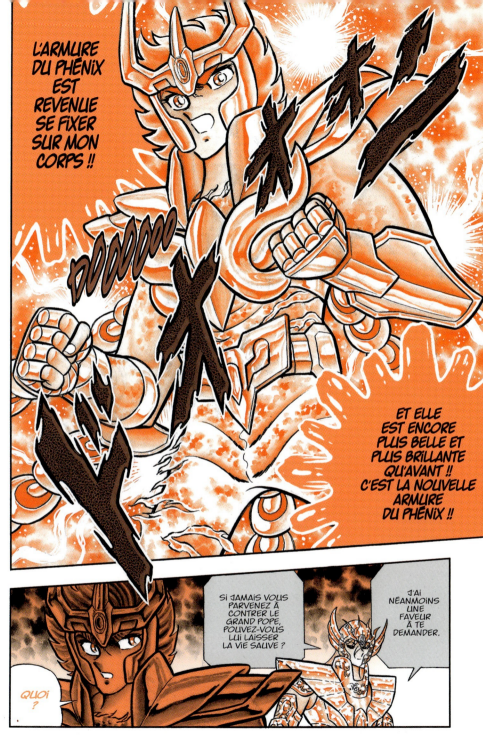

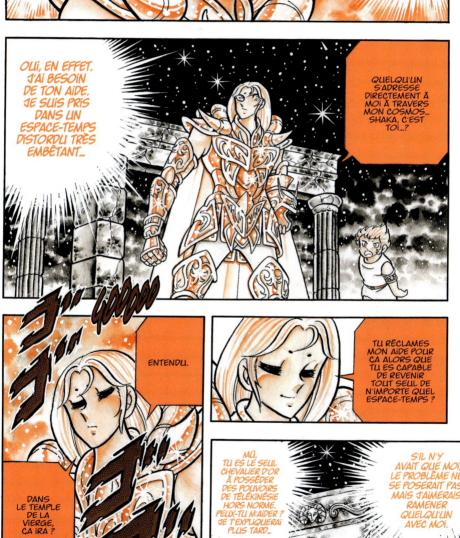

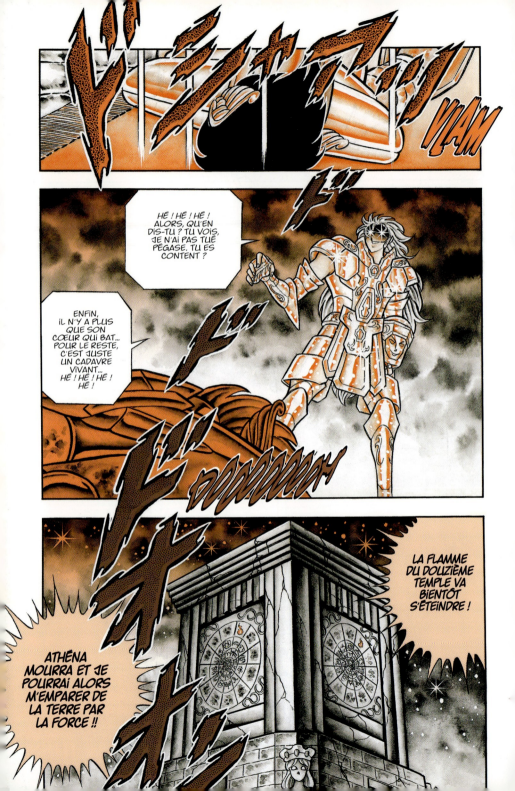

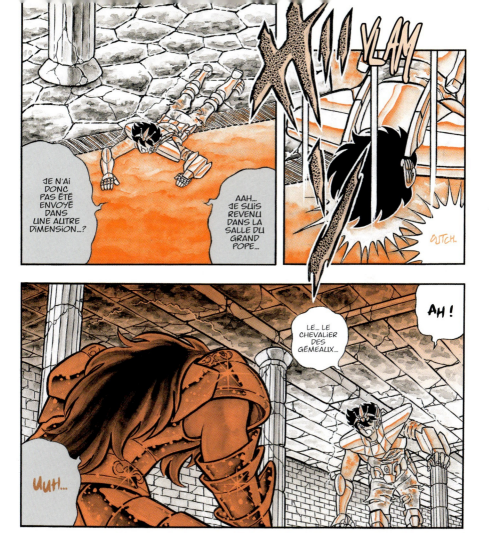

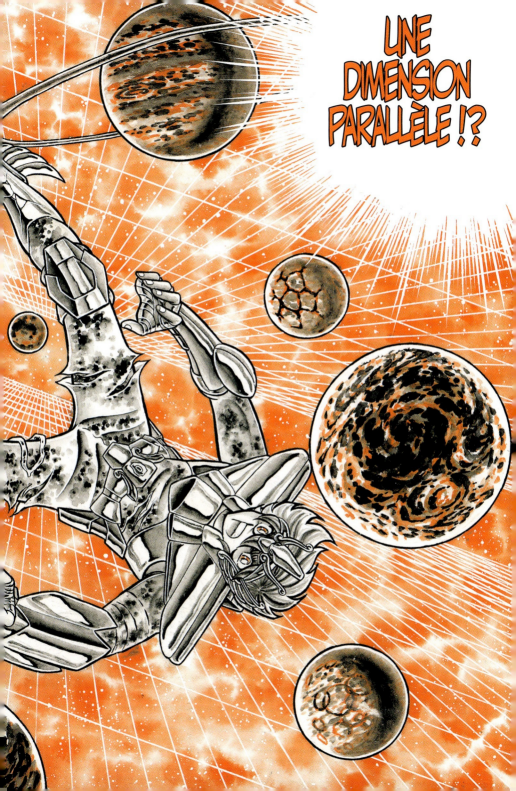

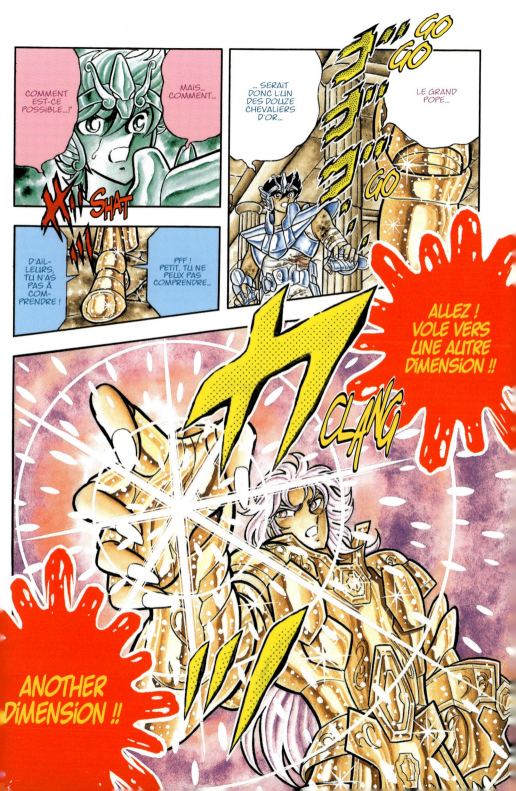

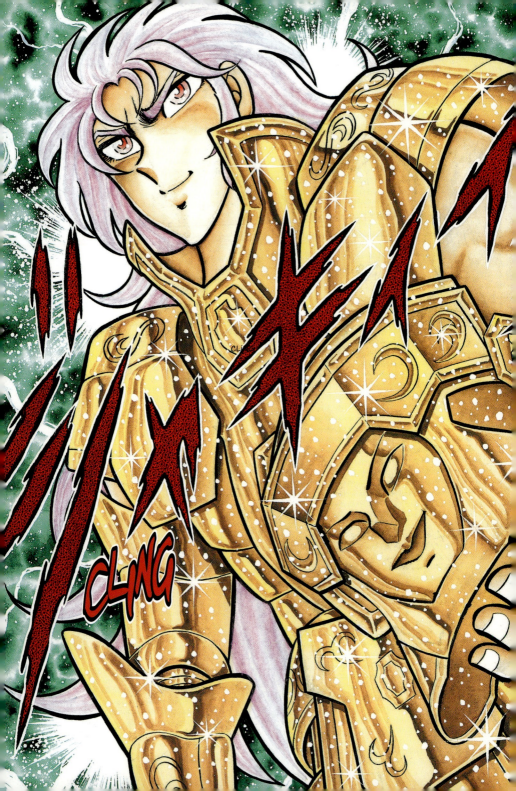

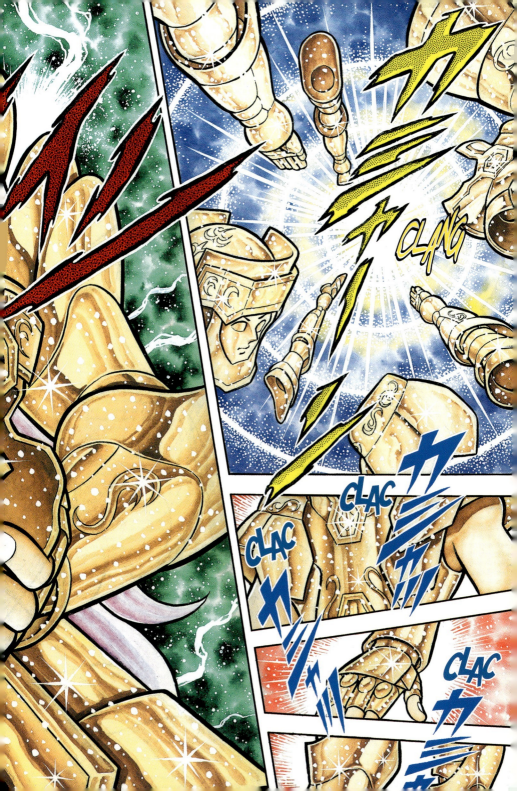

SOMMAIRE

GÉMEAUX ! L'HOMME AUX DEUX VISAGES — 009

IL S'APPELLE SAGA ! — 066

ATHÉNA RESSUSCITÉE !! — 130

HISTOIRE HORS-SÉRIE - NATASSIA DU PAYS DES GLACES — 179

Saint SEIYA
Masami Kurumada

Στην περίοδο της ελληνικής μυθολογίας......
ο Περσέας ο ήρωας
κατάφερε να αποκεφαλίσει την Μέδουσα, φοβερό τέρας.
Ανάμεσα στο σωρό που ξεπήδησε από τον κομμένο λαιμό της,
γεννήθηκε ο Πήγασος,
ουράνιο άλογο που είχε όμορφα φτερά, έτσι διηγείται ο μύθος.
Ο Πήγασος έπειτα
προέκυψε στον ουρανό
και έγινε αστερισμός......

volume **10**